老鼠記者 Geronimo Stilton

神探福爾摩鼠 ⑥
古董名車失竊案

謝利連摩·史提頓
Geronimo Stilton

新雅文化事業有限公司
www.sunya.com.hk

神探福爾摩鼠6

古董名車失竊案
MISTERO IN VIA DEGLI INTRIGHI

作　　者：Geronimo Stilton　謝利連摩‧史提頓
譯　　者：林曉容
責任編輯：胡頌茵
中文版封面設計：許鍩琳
中文版美術設計：羅益珠
出　　版：新雅文化事業有限公司
　　　　　香港英皇道499號北角工業大廈18樓
　　　　　電話：(852) 2138 7998
　　　　　傳真：(852) 2597 4003
　　　　　網址：http://www.sunya.com.hk
　　　　　電郵：marketing@sunya.com.hk
發　　行：香港聯合書刊物流有限公司
　　　　　香港荃灣德士古道220-248號荃灣工業中心16樓
　　　　　電話：(852) 2150 2100　傳真：(852) 2407 3062
　　　　　電郵：info@suplogistics.com.hk
印　　刷：C & C Offset Printing Co., Ltd.
　　　　　香港新界大埔汀麗路36號
版　　次：二〇二三年三月初版

http://www.geronimostilton.com
Based on an original idea by Elisabetta Dami.
Cover Project: Mauro de Toffol / theWorldofDOT (Adapted by Sun Ya Publications (HK) Ltd.)
Cover and Story Illustration: Tommaso Ronda
Cover Graphic and Artistic Coordination : Daria Colombo and Lara Martinelli
Story Artistic Coordination : Lara Martinelli
Story Graphic Project and Layout: Daria Colombo
Geronimo Stilton names, characters and related indicia are copyright, trademark and exclusive license of Atlantyca S.p.A.
The moral right of the author has been asserted.
All Rights Reserved.
No part of this book may be stored, reproduced or transmitted in any form or by any means, electronic or mechanical, including photocopying, recording, or by any information storage and retrieval system, without written permission from the copyright holder.
For information address Atlantyca S.p.A., Italy- Corso Magenta, 60/62, 20123 Milan, foreignrights@atlantyca.it
www.atlantyca.com
Stilton is the name of a famous English cheese. It is a registered trademark of the Stilton Cheesemakers' Association.
For more information go to www.stiltoncheese.co.uk
ISBN: 978-962-08-8176-3
© 2022- Mondadori Libri S.p.A. for PIEMME, Italia
International Rights © Atlantyca S.p.A. Italy
Traditional Chinese Edition © 2023 Sun Ya Publications (HK) Ltd.
18/F, North Point Industrial Building, 499 King's Road, Hong Kong
Published in Hong Kong SAR, China
Printed in China

神探福爾摩鼠
辦案記

在一個總是寒風凜冽、霧氣繚繞的神秘城市裏，有一座奇特的房子。房子裏住着一隻熱衷探案的古怪老鼠……他就是偉大的夏洛特·福爾摩鼠，老鼠島上最知名的天才偵探！

我老鼠記者謝利連摩·史提頓很榮幸獲福爾摩鼠邀請擔任他的助手，協助他調查各種離奇的案件。我把辦案期間的所見所聞寫下來，就成為了你讀着的這本偵探故事。

各位熱愛偵探故事的鼠迷，快來一起走進各種奇案的犯罪現場，挑戰你的頭腦吧！

謝利連摩·史提頓

**一場鬥智鬥力的
刑偵冒險之旅即將開始！**

二樓：

10 助手的房間：謝利連摩‧史提頓就睡在這裏。

11 皮莉鼠的房間：誰都不可以進入這個女管家的房間。房間裏真的只有她嗎？她藏着什麼秘密嗎？

12 福爾摩鼠先生的房間：偉大的偵探會在這裏的牀上休息……雖然他説他從來都不睡覺！

13 洗手間：供訪客使用。

14 天台：福爾摩鼠獨自冥想的地方（如果不下雨的話！）

15 溫室花園：這裏種植了稀有的仙人掌。

16 泳池：福爾摩鼠每天都會來這裏游泳。他總是讓一條水虎魚跟着自己，這樣可以令他游得更快！

底層：

1 入口

2 藏書室：裝滿各種關於神秘案件的書籍。

3 秘密樓梯：通往收藏懸案檔案的地下室。

4 神秘大廳：福爾摩鼠只有在他生日當天邀請朋友們參加「神秘競賽」時才會進來。

5 紀念品室：這裏收藏了他所破案件的紀念品。

福爾摩鼠偵探社

6 車庫：福爾摩鼠把所有辦案用的交通工具都放在這裏，包括：單車（一種非常奇特的腳踏車）、附有側車的電單車、形似熱氣球的飛行器、超高科技的汽車，以及能夠變成潛水艇的船。

一樓：

7 福爾摩鼠的工作室：福爾摩鼠會坐在這裏接待客户。這些客户是從每天在偵探社門口排隊求助的客户中挑選出來的幸運鼠。

8 練琴室：福爾摩鼠每晚會在這裏拉奏小提琴。

9 廚房：女管家皮莉鼠的專屬空間，她會在這裏準備茶點。

目錄

古怪的一天　　　　　　　　8

案件

福爾摩鼠家中失竊！　　　　22

調查

線索滿滿的壁櫥　　　　　36

猾鼠幫　　　　　　　　　46

潛入隧道偵察　　　　　　51

四輛十分特別的車　　　　56

🕵️ 跟隨「嗶嗶」聲！   **10**

🕵️ 念念不忘，必有迴響……   **80**

🕵️ 頂豪先生的工廠   **88**

結案

🕵️ 謎團揭曉   **98**

🕵️ 助理管家（為期一天）   **122**

福爾摩鼠偵探小學堂

🕵️ 作為一名偵探的重要原則：   **126**
    學會整理收納！

古怪的一天

　　從老鼠島駛往怪鼠城的火車準時到站了（你們可曾見過這樣古老的蒸汽火車？）我提着行李躍出車廂，特意把**鬍鬚**梳得整整齊齊。我已經等不及去拜訪夏洛特·福爾摩鼠——老鼠島上最偉大的**偵探**了！正是他召喚我來怪鼠城，說本周末有重要任務託付給我。

　　我剛才一路上也在苦思：究竟會有什麼**神秘的任務**要託付給我呢？福爾摩鼠在信裏

吩咐道：當你抵達離奇大街後自會曉得，就在此時……一道身影在我面前出現了！

我興高采烈地高喊：「**福爾摩鼠！**你特意來車站接我嗎？」

他嚴肅地盯着我說：「史提頓，你胡說些什麼？**作為一名偵探的重要原則：仔細觀察思考後，方能開口！** 你難道沒看到我拉着行李箱嗎？從這可以得出什麼推論？」

我這才注意到他隨身攜帶的行李箱。我嘟囔着說：「呃……我推斷我們即將踏上旅程，去 調查 新案件！而案發地點在怪鼠城外……跟調查古堡銀面具謎案那次一樣！」

福爾摩鼠搖搖頭：「大錯特錯！踏上旅程的是我，可不是你！我獲邀參加在克萊蒙納大酒店舉辦的**V.I.P.**會議。因此要離家兩日。史提頓，你可知V.I.P的含義嗎？」

我自信滿滿地回答：「那當然！**V.I.P.**是英文**Very Important Person**的縮寫，指重要貴賓……比如你這樣的大偵探！」

他不屑一顧地說：「哼，錯了！**V.I.P.**代表*Violinist Ingenious Perfect*，是技藝超羣的小

提琴手！是業餘*小提琴*愛好者交流協會邀請我的，我能到場可是他們的榮幸！」

我無可奈何地攤開手，說：「不好意思，福爾摩鼠……這我怎麼能猜到呢！」

他反駁我：「哼！謝利連摩，你的確不知道，而你本可以根據兩個線索推斷出來：首先，克萊蒙納是小提琴製作大師**多波尼奧·妙音鼠**的誕生地。當我們調查**藝術珍寶毀壞案**時，已聽聞他的大名……」

我點點頭，說：「沒錯，我還記得。」

福爾摩鼠繼續分析：「不過，最應該引起你注意的是第二條線索！」

說罷，他舉起手中提着的**小提琴盒**（哎呀，我怎麼之前沒注意到呢！）。

我疑惑地問：「福爾摩鼠，既然你整個周末都要外出，那你說要託付給我的重要任務是什麼呢？」

他告訴我：「史提頓，我不在家的時候，你可以在我的檔案室裏研究案件資料。學習需要溫故而知新，記住了嗎？」

他向即將發車的火車走去，一邊與我道別：

「史提頓，明天晚上見！」

我揮手致意：「祝你周末愉快，福爾摩鼠！」

隨後，我走出火車站，準備步行前往

離奇大街13號 。

就在此時，我的手提電話突然彈出一條短信：**叮**！這條信息來自一個陌生號碼，但發信的老鼠我卻很熟悉！

我立刻回覆：「**當然可以，皮莉鼠小姐！我馬上前往提琴廣場！**」

不過，為什麼福爾摩鼠的管家——皮莉鼠小姐要用陌生

來自陌生號碼
歡迎你來訪，史提頓先生！
可否請你幫個忙：
前往提琴廣場5號拱頂書店，為我取一本書回來？
謝謝！

皮莉鼠

號碼來發送信息？難道她有什麼難言之隱？

我通過手提電話地圖定位搜索**地址**：提琴廣場位於怪鼠城中心的步行街區域。我一路溜達過去。但是，我在廣場轉悠了一圈，也沒有發現任何**書店**！

只見提琴廣場5號是一座私家住宅：那裏的居民從未聽說過那家書店！

我困惑地直撓頭，這時另一條短信發過來了（*同樣來自那個陌生號碼*）。

我趕忙回覆：「**沒問題！我將立即前往比薩小巷取書，然後抵達離奇大街給你！**」

來自陌生號碼
抱歉，抱歉，真的很抱歉，史提頓先生！拱頂書店不在提琴廣場，而在比薩小巷，地址仍是5號。感謝，感謝，萬分感謝，抱歉耽誤了你的時間！
皮莉鼠

我再次用手提電話地圖搜索，心裏琢磨着：比薩小巷應該離我所在的廣場不遠吧！

事實上……那小巷居然在城市的另一端！咕吱吱！

看來我還要走很遠，不過沒關係：反正福爾摩鼠不在家，在他離奇大街的大宅裏只有一些陳舊的案件資料在等着我。既然如此，倒不如放開腳步，來一次橫跨城市的**漫遊**！

我拖着行李，在怪鼠城灰色天空下步行。

直到天空中開始落下豆大的**雨點**：這雨下得可真是時候！

我撐開雨傘（*每次我來拜訪福爾摩鼠時，都會隨身攜帶它*），踉踉蹌蹌地走到比薩小巷。

我尋找到門牌號5號，終於來到了傳說中的這家 **拱頂書店**……

然而，它的大門緊閉，天知道這家書店關門多久了！

我趕忙發送短信給皮莉鼠，她回覆我說：「*沒關係，我會再想辦法。快回來吧！*」

於是，我冒着傾盆大雨再次上路。當我抵達**離奇大街**時，我才意識到自己走了整整一個下午，

現在已是晚餐時間了！我的肚子餓得咕咕直響！

我握住偵探社大門上的黃銅把手，簡短地叩響三次、再長長地叩響一次，隨後靜靜等待着……

不一會兒，笑容滿面的**皮莉鼠**小姐為我打開大門，招呼我說：「史提頓，快請進！」

我走進大宅，為沒能帶來那本書而向她道歉，她安慰我說不必擔心，隨後「砰」的一聲關上大門。

我感覺到有什麼不對勁，卻一時間想不起來。終於我回憶起來了。

「皮莉鼠小姐，為什麼這次你沒有如往常一樣，詢問我 **開門口令** 呢？」

她朝我擠擠眼睛，說：「史提頓先生，今天用不着開門口令了！因為老闆不在！」

這可真讓我吃驚。

老闆 *?!* 她怎麼會如此稱呼福爾摩鼠了？

女管家樂呵呵地説：「再説我能認得出你那張**傻臉**，明白嗎？」

她一邊説，一邊用手指彈了彈我的左臉頰。

親愛的鼠迷朋友們，我必須實話實説，此時我的心情十分困惑！一整個晚上皮莉鼠的舉止都很**古怪**⋯⋯讓我覺得不對勁，但又説不出哪裏不對勁！

我必須承認，女管家今晚對我非常、非常、非常殷勤。她招呼我説：「史提頓，你肯定餓壞了！趁我為你烤**薄餅**的時間，你能為我取下汽車鑰匙嗎？福爾摩鼠走前吩咐我把車洗乾淨。你知道那鑰匙在哪兒吧？」

説罷，她用手指彈了彈我的右臉頰，笑着説：「**瞧你那一臉傻樣，史提頓！**」

我一臉困惑地問道：「呃⋯⋯你真的這樣認為麼，皮莉鼠小姐？」

我從福爾摩鼠藏鑰匙的秘密壁櫃中，取出了跑車鑰匙。

　　我將鑰匙交給管家，心裏嘀咕說：「今天皮莉鼠小姐的舉止真**古怪**！」

　　皮莉鼠為我烤了一個四種**乳酪混合的薄餅**，這是我最愛的美食！

　　經過整個下午的長途跋涉，我早就餓扁了！

我立刻風掃殘雲地吃了起來，並將管家端給我的一杯味道**奇特的**橘子汽水一飲而盡。

然後，我向皮莉鼠講述了在火車站遇見福爾摩鼠的經過，告訴她福爾摩鼠將離家兩日，以及他吩咐我的任務。

我總結道：「晚飯後，我要立刻在檔案室開始**工作**了！啊啊啊啊欠！」

皮莉鼠微笑說：「你看來很睏呢，史提頓！」

我嘟囔着說：「我的確感覺有點**疲倦**……也許在正式開始工作前，我應該打個盹……只要睡幾分鐘就夠了！」

皮莉鼠陪同我來到書房的沙發前，微微一笑：「真可憐，都是我害你跑了那麼遠的路，卻空手而歸！」

我告訴她：「我不用換睡衣……只要在沙發上打個盹就好……」

隨後，我就墜入了夢鄉！

呼嚕……　呼嚕……　呼嚕……　呼嚕……

一陣 **敲門聲** 將我吵醒了。三聲短、一聲長，這正是福爾摩鼠的開門暗號……

既然他去外地了，那敲門的是誰？為何管家不去開門？難道她也在睡覺？現在到底幾點了？

我趕忙下樓開門。門打開了，站在我面前的，居然是我的朋友福爾摩鼠！

福爾摩鼠嚴肅地盯着我問：**「皮莉鼠管家在哪裏？」**

我回答：「我也正想問……」

福爾摩鼠打斷我的話，連珠炮地發問：「史提頓，你為何不接我電話？我昨天一整晚都在打你手提電話，甚至還打了家裏的電話，可是你一直沒接聽！」

「我……我沒聽到電話響！我**睡**得太香了，所以……」

他高聲嚷嚷：「快叫皮莉鼠管家過來！可惡！居然讓我呆在門外，像個傻瓜一樣！」

案件

「我總能解決棘手的案件。
在我的辭典裏，
沒有不可能！」

夏洛特・福爾摩鼠

福爾摩鼠家中失竊！

我很快意識到福爾摩鼠並非獨自一人。

從離奇大街半明半暗的拐角處，出現一隻臉圓圓、衣着高貴的**老鼠**。他向我鞠躬致意。

「史提頓先生，你好！我名叫**力奇·超跑**，我是V.I.P小提琴愛好者。音樂和古董車是我的畢生所愛！」

說罷，他指了指身後的**豪華古董跑車**。

隨後他說道：「當福爾摩鼠先生的古董跑車

響起**警報**後，是我陪同福爾摩鼠先生從克萊蒙納返回怪鼠城的。」

我嘟囔着説：「警⋯⋯警⋯⋯警報？為什麼會響警報？」

力奇・超跑回答説：「哼，因為那輛古董跑車被**偷**了！」

我嚇得目瞪口呆，説：「什麼？！」

他攤開手爪説：「很遺憾⋯⋯福爾摩鼠設計的古董跑車配備了高科技性能，就如妙音鼠大師的古董小提琴般獨一無二、十分珍貴。我本人也收藏了很多古董跑車，比如⋯⋯」

就在此時，福爾摩鼠回來了。

「我到處找過了，皮莉鼠小姐不在屋裏。我擔心的事果然發生了，我們必須迅速前往車庫⋯⋯

迅速速速速！」

23

我們立刻前往車庫，那裏收藏着福爾摩鼠各類獨一無二的交通工具，比如：造型獨特的**超音速自行車**（上面罩着一層帆布），以及**三輪電單車**（旁邊附帶着一個側車），隱藏在半明半暗裏的*飛行器*（一款懸浮在空中的熱氣球），唯獨他的古董超級跑車不見了蹤影！

我更擔心的是，皮莉鼠小姐失蹤了！

我向福爾摩鼠匯報此事，他回答：「史提頓，

古董超級跑車被盜與皮莉鼠失蹤一定有關聯！快來看我手提電話收到的車庫監控 **影片**！」

我狐疑地盯着手提電話 **熒幕**：「莫非是皮莉鼠偷了跑車？她曾提及是按照你的吩咐去洗車！因此她請我幫她拿了鑰匙，然後……」

福爾摩鼠打斷我的話：「我從未吩咐皮莉鼠清洗 **古董超級跑車**。這輛車是被盜了，對此我確信無疑。」

我震驚萬分：「你的意思是皮莉鼠……向我撒了謊，然後把車盜走了？」

福爾摩鼠冷靜地説：「史提頓，你真是大錯特錯！你剛剛看到的影片，恰恰證實盜走古董超級跑車的絕不是皮莉鼠！」

我徹底糊塗了……在監控畫面上，我分明看到皮莉鼠坐在駕駛座上！難道 **盜賊** 另有其鼠？

為何福爾摩鼠如此確信她沒有參與盜竊呢？

真奇怪！

此時，力奇・超跑正在饒有興致地觀賞福爾摩鼠收藏的三輪電單車。

福爾摩鼠招呼他說：「感謝你陪我回來。我猜你要返回V.I.P.大會場地了，對吧？」

他回答：「沒錯，福爾摩鼠先生。我很樂意邀請你明晚來我家切磋 小提琴 ，屆時我已返回克萊蒙納家中。」

福爾摩鼠向他致謝，並將他送出門外：「我十分榮幸接受你的邀請，力奇・超跑先生。」

力奇登上跑車，揮手道別：「如果案情有什麼進展，請你告訴我！等你的古董超級跑車重回車庫之日，我很期待再來你家參觀！」

福爾摩鼠自信滿滿地說：「**我總能解決棘手的案件**。在我的辭典裏，沒有不可能！我一定會尋回皮莉鼠和那輛跑車！」

聽了這番話，站在一旁的我可沒有那麼淡定。

待力奇·超跑的車駛遠後，福爾摩鼠詢問我：「史提頓，你怎麼看？你發現監控影片的 **第一條線索！** 了嗎？從這條線索，我們可以判斷出盜賊絕非皮莉鼠小姐！」

我吞吞吐吐地回答：「呃⋯⋯我也希望如此，但 **錄影** 上顯示的與你的判斷恰恰相反！」

福爾摩鼠反駁我：「史提頓，看仔細些！

顯然皮莉鼠並沒有偷那輛車！」

你們知道影片中有什麼線索嗎？請仔細觀察圖中的皮莉鼠小姐（另參見第16頁）有何可疑之處！

我凝視着手提電話熒幕畫面……突然我靈光一閃：「是*項鏈*！皮莉鼠小姐的頸上少了問號形狀的項鏈掛墜！」

福爾摩鼠微微一笑：「我的助手鼠，你總算開竅了！我們都知道皮莉鼠酷愛那條項鏈，從未將它從脖子上摘掉……」

「……這證明我們看到的，絕非真正的皮莉鼠！我得出結論。呃，很抱歉，我險些錯過了如此重要的細節。」

福爾摩鼠皺皺眉頭說：「史提頓，你要牢記在心：**作為一名偵探的重要原則——不要忽視任何細節！就連最微不足道的細節，也足以改變整個案件的調查方向。**如果你再認真觀察，就會發現畫面上的皮莉鼠身穿**粉紅色**外套，頭上的劉海挑染卻是**藍色**的……請你回憶一下，注重打扮的皮莉鼠何時會頂着與衣服顏色不相同的挑染出場？」

我又觀看了一遍錄影。

「以一千塊莫澤雷勒乳酪的名義發誓！為何我之前沒看出來呢？真正的皮莉鼠一縷**劉海**顏色總是和當天衣服的顏色相同！」

福爾摩鼠點點頭：「沒錯，史提頓。事實上，我昨天早晨出門時，皮莉鼠小姐的外套、褲子和劉海均為**綠色**。」

我補充說：「而當我昨天傍晚抵達這裏時，她卻身着**粉紅色**的外套和褲子……而劉海則是**藍色**的！難怪我看到她時總感覺不對勁！」

福爾摩鼠插嘴問：「但是……你為何傍晚才到？我記得你昨天早上就抵達火車站啦！」

我向福爾摩鼠描述了自己收到陌生號碼短信的經過，以及自己如何走遍整個城市，只為取一本書。

福爾摩鼠懷疑地問：「你説那短信來自一個**陌生號碼**？嗯⋯⋯除了她頭頂劉海顏色不同（*你早應該注意到*），而且沒有佩戴項鏈（*這也被你忽視了*），她還有什麼其他古怪之處嗎？」

我回憶道：「事實上，當我抵達時，就感覺皮莉鼠與往日不同。她沒有詢問開門口令就打開了門，而且她的藉口也很⋯⋯**很古怪！**」

福爾摩鼠追問我：「真的嗎？怎樣**古怪**了？」

我有些尷尬地對他解釋：「她對我説：『今天用不着開門口令了！因為老闆不在！』」

福爾摩鼠驚訝地失聲説：「**我的天哪！老闆？皮莉鼠小姐**竟然這樣稱呼我？」

我搖搖頭，説：「她從未這麼稱呼你！昨天我第一次聽到她這樣説。我當時感到這説話方式很**不尋常**！」

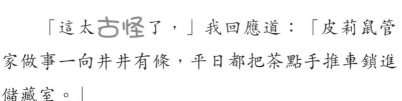

我們從大門口返回車庫，再次勘察現場。

福爾摩鼠呼喚我：「說到不尋常的細節，這裏也有一處！」

他指給我看皮莉鼠小姐的**茶點手推車**，此時孤零零地放在三輪電單車旁。

往日那輛茶點手推車上總是盛滿各類美味點心，如今它居然被遺棄在車庫裏，真是……匪夷所思！

「這太**古怪**了，」我回應道：「皮莉鼠管家做事一向井井有條，平日都把茶點手推車鎖進儲藏室。」

福爾摩鼠提議：「我們速速前往儲藏室！」

於是，我們走出車庫，來到紀念品大廳和神秘會客廳間的一扇**小門**前。推開小門，房間內看到一部升降機。

平日皮莉鼠管家用這台機器將茶點從廚房運到一樓。

房間內光線昏暗……只見地上有什麼物件閃閃發光——是皮莉鼠的項鏈！

「史提頓，快告訴我昨天晚上在這裏發生的一切，連一丁點細節也不要遺漏！」

「啊，福爾摩鼠，我什麼都想不起來了……」我回答，「自從我吃了皮莉鼠烤製的薄餅、還有一杯味道古怪的汽水後……**我就昏昏沉沉睡去了！**」

我憑藉直覺推論：「以一千塊莫澤雷勒乳酪的名義發誓，或許那裏面含有**安眠藥**！」

我們迅速鑽進廚房。

我吃驚地發現廚房裏一片狼藉。「**奇怪！**皮莉鼠小姐一直都非常整潔的！」

福爾摩鼠細查看現場，説：「事實上……

我又發現 **第二條線索**，證明犯案者絕非皮莉鼠，如果之前我們還不能百分百肯定的話！」

我問道：「你有什麼發現？發現這裏雜亂無章嗎？」

「當然不是！而是一條你在當天晚餐前就該注意到的線索……」

我四周張望了一圈，一無所獲。

莉鼠小姐根本沒有準備晚餐！

你們也看出了線索嗎？

福爾摩鼠不耐煩地指了指地上，説：「難道你沒看到**垃圾桶**裏的薄餅包裝盒嗎？」

我這才留意到洗碗盆旁的垃圾桶。

「沒錯！皮莉鼠從不喜歡點外賣⋯⋯她總是自己揉麵烘焙！」

福爾摩鼠點點頭：「史提頓，你總算開竅了！除此以外，垃圾桶裏還有一些**可疑**的物品⋯⋯」

我驚訝地問：「什麼物品？」

福爾摩鼠搖搖腦袋，説：「你真是沒救了，看來一輩子只能當一隻助手鼠！我晚些再和你解釋吧。現有的證據還不充分，無法查明昨晚你遇上那假管家的真正身分，至少我們肯定她絕不是皮莉鼠。**總之⋯⋯我們需要盡快查明誰偷了我的古董超級跑車！**」

調查

「能騙過我
神探福爾摩鼠的罪犯鼠，
目前還沒有出生！」

夏洛特·福爾摩鼠

線索
滿滿的
壁櫥

福爾摩鼠轉過身，用他銳利的目光注視着我。

他開口詢問：「嗯……除了用『老闆』來稱呼我以外，冒牌皮莉鼠昨日還有什麼舉動，讓你感覺到她與往日不同？」

我的臉漲得通紅，尷尬地說：「我想起來了……她還形容我『一臉傻樣』！」

福爾摩鼠高呼道：「這句話真熟悉！這個細節顯示那個打扮成皮莉鼠的神秘女士，很可能是

一位我們的舊相識。等着瞧吧，史提頓，你還記得哪位老鼠的口頭禪是『一臉傻樣』嗎？」

我什麼話也說不出來。我只覺得喉嚨發乾、舌頭打結。

福爾摩鼠繼續提示我：「到底哪位女士喜歡一邊拍打其他鼠的臉頰，一邊說這句話？如果你昨天能回想起來，就不至於傻乎乎地把古董超級跑車鑰匙拱手交給她！」

親愛的鼠迷朋友們，此刻我難為情地恨不得鑽到地縫裏去！我終於想起她是誰了！

我有氣無力地說：「我……我真對不起你，福爾摩鼠！那隻假冒皮莉鼠，也就是昨天虛情假意迎接我的，其實是……其實是……」

我深吸一口氣，吐出她的名字：「是卡蘿塔‧翡翠鼠，以一千塊莫澤雷勒乳酪的名義發誓！」

福爾摩鼠一臉鎮定自若，並未對我大發雷霆，對此我十分感激。

福爾摩鼠分析道：「**基本演繹法，史提頓**！卡蘿塔·鬍鬚鼠喬裝打扮成皮莉鼠的模樣，目的是讓我們相信：犯下了這次罪行的是我的管家鼠……因此為了掩蓋自己的身分，她讓真正的皮莉鼠 消失 了！」

我附和地點頭：「沒錯……」

他繼續說，「我們都知道：卡蘿塔·鬍鬚鼠是一個**盜竊高手**，更是個**偽裝能手**！之前在調查藝術珍寶毀壞案件時，她和弟弟**盜寶鼠**一度把我們要得團團轉。盜寶鼠甚至公然挑釁我……如今他們換了招數，盜走古董超級跑車作為他們的戰利品。但為何他們想嫁禍成管家 作案 呢？最關鍵的一點：真正的皮莉鼠小姐身在何處？」

我十分擔心皮莉鼠小姐的安危。我沉思半晌，問道：「福爾摩鼠，你從未懷疑過皮莉鼠會是竊賊吧？所以你回家後一直在尋找她。」

福爾摩鼠點點頭，説：「的確如此，謝利連摩。你居然懷疑（哪怕只有一瞬間）她是竊賊，這真讓我驚訝。現在我們去大門口，我要確認一件物品。」

我們走下樓梯，福爾摩鼠向玄關走去。

只見有一封 **掛號信** 躺在托盤裏。

怪鼠城
離奇大街13號
福爾摩鼠先生收

我驚呼起來：「這兒居然有封給你的信！」

他嘟囔着説：「我剛才一進門就注意到了。應該是我昨天出門後送到的。」

福爾摩鼠拆開信封，掏出信紙……

信紙 上空無一字！

親愛的鼠迷朋友們，我現在真是毫無頭緒了！

「我本以為這封信會透露什麼線索！」我嚷嚷説，「謎題並沒有破解，反而成了 **謎中謎**！」

福爾摩鼠回答：「恰恰相反，這封告訴了我們一切。史提頓，跟我來！」

我們爬上樓梯，進入皮莉鼠小姐的房間。

福爾摩鼠嚴肅地說：「**由於案件調查而導致的侵犯隱私，無需承擔法**

律責任。」隨後他拉開管家的衣櫃。

　　只見衣櫃裏掛着 色彩繽紛 的套裝，還有不同顏色的劉海假髮整齊地擺放在抽屜隔層裏。

　　福爾摩鼠總結說：「不錯！皮莉鼠，衣櫃的服飾擺放、那封內容空白的信，以及丟棄在車庫的茶點手推車，蘊含着關鍵的 **第三條線索**，有助於我們釐清整個事件的來龍去脈，以及盜賊如何冒名頂替。」

　　可我還是一頭霧水！

從這些線索中，我們可以推演出整個事件的來龍去脈……

你們也看出了什麼線索嗎？

福爾摩鼠看我一臉茫然，解釋說：「史提頓，如果你觀察仔細，就會發現衣櫃中懸掛的套裝裏，少了冒牌皮莉鼠穿的**粉紅色套裝**，然而抽屜裏卻擺着**粉紅色劉海**。另外，我在衣櫃裏沒有看到**綠色外套**，也未見**綠色劉海**。」

嗯，都怪我剛才沒有仔細看……

福爾摩鼠在洗衣籃裏翻了一通，高聲嚷道：「找到綠外套了，上面帶有**紅色食物污漬**呢！」

我更加糊塗了，「咕吱吱……」

福爾摩鼠下結論：「還少了紅色套裝，不過配套紅色劉海找到了！原來它掉在地上了……」

我仍然一頭霧水。我必須承認：這麼多顏色的套裝和劉海，簡直讓我眼花繚亂了！

福爾摩鼠嘟噥着說：「**史提頓，你真是無藥可救**！通過基本演繹法，再加上已知的幾條線索，推斷出案件的來龍去脈簡直是易如

反掌……」

1)皮莉鼠在烹飪時，不小心弄髒了**綠外套**。她回到房間，換上了新套裝，並將綠外套丟入洗衣籃……

2)正當她穿上紅色套裝，並到處尋找配套的**紅色劉海**時，門鈴響了……

3)她穿着紅色套裝，還未來得及更換綠色劉海便下樓開門，一位郵差（**卡蘿塔・鬍鬚鼠**偽裝的），遞給她一封信，最後卻不小心把信留在我家！

4)隨後，卡蘿塔・鬍鬚鼠使用某種催眠噴霧劑，迷暈了皮莉鼠！

福爾摩鼠繼續分析道：「卡蘿塔·鬍鬚鼠**打扮**成皮莉鼠的模樣。她看到皮莉鼠的綠色劉海、身穿紅色外套，以為這是管家的日常裝扮！殊不知皮莉鼠平日的劉海顏色總是和當天外套顏色相同！於是，卡蘿塔依樣穿上粉紅色套裝，戴上了藍色劉海！但是，她並沒有佩戴皮莉鼠的問號項鏈**掛墜**，因為她壓根不了解這條項鏈對皮莉鼠有多重要！她的模仿漏洞多多，十分顯眼！」

我被朋友福爾摩鼠的推論嚇得目瞪口呆。

「那麼你是如何推斷出皮莉鼠是被噴霧**迷暈**的呢？」

福爾摩鼠答道：「通過基本演繹法啊，史提頓！我們分析廚房內 **第三條線索** *時，我曾和你提到過……垃圾桶裏還有些可疑物品！」

我們回到了廚房，福爾摩鼠指給我洗碗盆旁的垃圾桶：「快看，這裏有一瓶『ZZZ牌噴霧』，證實了我的猜測。垃圾桶裏還有藥品的外包裝！」

*請見第33頁。

我大聲嚷嚷：「卡蘿塔·鬍鬚鼠一定是在汽水裏加了催眠噴霧，讓我呼呼大睡！」

福爾摩鼠點點頭：「沒錯。不過在那之前，她先騙你交出了古董超級跑車的鑰匙！她將真正的皮莉鼠藏到哪裏？你明白了嗎？」

我推測説：「藏進了 **儲藏室？**」

福爾摩鼠露出一絲微笑，説：「很好，看來你總算學到了一點推理技巧。這樣我們才解釋得通為何會在儲藏室找到問號項鏈掛墜！卡蘿塔拿到車鑰匙後，便用 **茶點手推車**，把皮莉鼠管家一路運上跑車，一溜煙把車開跑……這就是為何茶點手推車會被丟棄在車庫！」

我總結説：「我們當務之急，就是找到古董超級跑車。我們找到它，同時也就找到皮莉鼠！」

福爾摩鼠嘟囔着：「我本以為能在屋裏內找到皮莉鼠，哪想到……卡蘿塔·鬍鬚鼠居然 **綁架了她**！」

猾鼠幫

我靈機一動，提議説：「以一千塊莫澤雷勒乳酪的名義發誓，你的古董超級跑車上配置了**定位系統**，你可以通過定位訊號追蹤它啊！」

福爾摩鼠搖搖頭説：「你以為狡猾的罪犯想不到這一點嗎？在跑車系統發出警報後，我已立刻在**手提電話**上追蹤它的位置。但它開出城外幾公里後，定位訊號就消失了。我若能通過定位追蹤，就不用費勁回家來**叫醒**你啦，史提頓！」

就在此時，門鈴嗡嗡大作。我們下樓打開大門，外面站着湯姆·特拉法警長及索尼婭·先鋒鼠警員。原來，福爾摩鼠從克萊蒙納返回怪鼠城的途中，已通知了他們跑車**失竊**的消息。

　　我們立刻告訴兩位警員：卡蘿塔·鬍鬚鼠綁架了管家皮莉鼠。

47

湯姆・特拉法警長驚呼：「卡蘿塔・鬍鬚鼠？福爾摩鼠，大事不妙啊！之前她曾從你的鼻子底下**逃走……**不過我猜如今的你對付她會更有經驗吧！」

福爾摩鼠自信滿滿地回答：「**老朋友，一切包在我身上！**」

特拉法警長說：「你昨天打電話給我後，我立刻通知了所有探員，展開地毯式搜索。但誰也沒找到你那古董超級跑車的蹤跡！」

福爾摩鼠皺起眉毛，問道：「你們是否搜查過衞星**定位訊號**消失的那一帶區域？」

索尼婭・先鋒鼠警員回答：「當然搜查了，福爾摩鼠先生！訊號在一條高速路隧道處消失了。我們已把隧道徹底搜查了，卻一無所獲！」

福爾摩鼠說：「我也要去隧道查一查！」

索尼婭回應說：「當然可以！據我推斷，這宗盜竊案的手法和**狷鼠幫**的風格如出一轍！」

我好奇地問：「猾鼠幫？他們是誰？」

「他們是一羣神出鬼沒的『**鼠中之鼠**』（*也就是盜竊鼠中的神偷*），專門偷竊稀有名貴跑車，作案手法十分巧妙，常常運用高科技犯案。他們已經在城中出沒好幾個星期了……我們一直未能將他們逮捕歸案！」

「你們可真能幹！」我的大偵探朋友評價道。

我好奇地問：「他們如何進行盜竊的呢？」

先鋒鼠警員告訴我：「猾鼠幫通常從車主的車庫直接將車盜走，天知道他們是如何得手的！最新一宗豪華汽車盜竊案，發生在頂級豪華汽車生產商**托尼‧頂豪**的別墅中。猾鼠幫將豪華汽車弄到手後便逃之夭夭！」

特拉法警長轉身向福爾摩鼠說道：「我的大偵探朋友，這次有你加入，我們一定能**逮捕**這幫罪犯！」

福爾摩鼠沉吟半晌説：「嗯……事實上，卡蘿塔·鬍鬚鼠所犯的盜竊案，與之前幾宗案件的 **作案手法** ，的確十分相似。我曾經認為幾個毛賊不值得我出馬，如今我決定不再置身事外……」

「但是，當務之急在於找到 **皮莉鼠小姐** ，沒錯吧？」我插嘴説。古董超級跑車失竊固然讓我着急，但管家的安危最令我擔心。

福爾摩鼠安慰我：「**皮莉鼠一定會平安無恙的，史提頓！**

的確，這個女賊喜歡盜竊，然而她從未傷害過誰一根毫毛。這次我們一定能查明案件真相，把皮莉鼠帶回家！」

潛入
隧道
偵察

　　我們鑽進特拉法警長的警車，不一會兒功夫就開到城外的高速路隧道口，這裏就是古董超級跑車定位訊號消失的地方。

　　夜幕下的高速路上空空蕩蕩，只有一位怪鼠城的**警員**在隧道入口處巡邏。福爾摩鼠請求特拉法警長將**高速路隧道**口封閉幾分鐘，以便他展開調查。

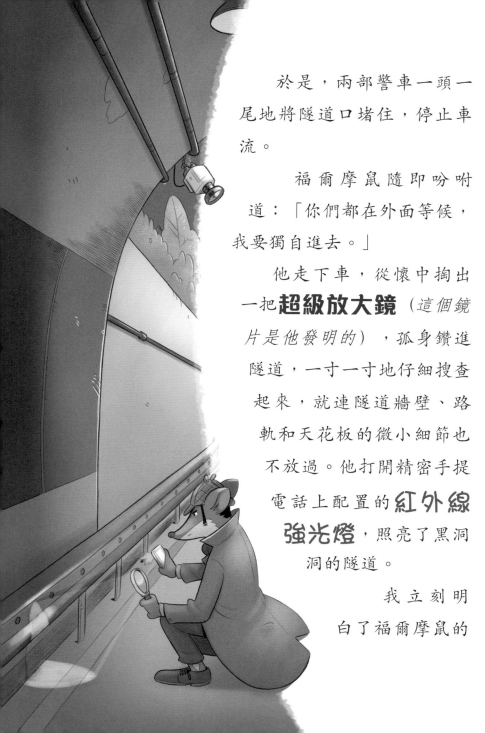

於是，兩部警車一頭一尾地將隧道口堵住，停止車流。

福爾摩鼠隨即吩咐道：「你們都在外面等候，我要獨自進去。」

他走下車，從懷中掏出一把**超級放大鏡**（*這個鏡片是他發明的*），孤身鑽進隧道，一寸一寸地仔細搜查起來，就連隧道牆壁、路軌和天花板的微小細節也不放過。他打開精密手提電話上配置的**紅外線強光燈**，照亮了黑洞洞的隧道。

我立刻明白了福爾摩鼠的

意圖，對先鋒鼠警員説：「他在調查隧道內是否有暗道，這樣盜賊可以從那裏開走。**否則古董超級跑車怎麼會憑空消失呢？**」

在一番縝密**偵查**後，福爾摩鼠回到車上，告訴我們：「我敢肯定：隧道內沒有可容罪犯**駕車**逃逸的暗道出口。」

「那跑車怎麼會憑空消失呢？」我追問。

福爾摩鼠沒有回答我的問題，而對警探説：「我留意到隧道入口和出口處，都裝有閉路電視攝影機……」

先鋒鼠警員回答道：「沒錯！閉路電視用於拍攝隧道內車輛交通情況。」

福爾摩鼠問：「能讓我看看監察錄影片嗎？」

特拉法警長點點頭：「當然可以，我的朋友！我們馬上前往警察局！」

於是，我們進入警察局的**交通控制監察中心**，查看跑車失竊當晚隧道中的監察錄影片。

先鋒鼠警員開始查看影片，我也目不轉睛地盯着螢幕，看到冒牌皮莉鼠駕駛着古董超級跑車在公路上狂飆。

奇怪的是，我們清楚看到那輛車開進隧道……卻沒有駛出隧道！

從隧道內駛出的只有小轎車和貨櫃車，完全沒看到福爾摩鼠的跑車！

我失望地對特拉法警長嚷嚷：「以一千塊莫澤雷勒乳酪的名義發誓！

我本以為閉路電視能拍到些有用線索，卻一無所獲……」

福爾摩鼠一言不發，臉上露出難以捉摸的表情。隨後他表態：「嗯……這一切十分、十分有趣！」

他並未解釋，而是湊到先鋒鼠警員耳邊悄聲說些什麼。隨後，他詢問特拉法警長，是否可以幫忙做一項**調查**，並在警長耳邊竊竊私語。

我只聽到警長許諾道：「倒是可以做……但需要保密……直到行動結束！」

我十分好奇，真想知道福爾摩鼠葫蘆裏到底裝了什麼藥。但他用一句話就堵住我的嘴：「這是**機密行動**，史提頓！知道的老鼠越少，成功的機會率就越高！」

四輛十分特別的車

我們走出警察局時，已是黎明時分。

就在此時，特拉法警長的**手提電話**鈴聲嗡嗡大作。

他接起電話傾聽片刻，回答說：「我立刻趕到！」

特拉法警長掛掉電話，向我們解釋：「來電的是頂級豪華汽車生產商——托尼·頂豪先生，我曾和你們提起過他。他有關於**案件**的最新消息要告訴我。

我現在要趕去他那兒。你們就留在這兒，繼續調查古董超級跑車和皮莉鼠失蹤案。如果有需要，我可以給你們派幾位警員⋯⋯」

福爾摩鼠打斷他的話：「湯姆，這次我想和你一起去。我希望親自查明猾鼠幫的盜竊案與皮莉鼠**綁架案**之間，是否存在關聯。」

我也踴躍報名同去。親愛的鼠迷朋友們，此刻我內心湧起強烈的探究慾望⋯⋯再說我可不想孤身回到**離奇大街13號**⋯⋯少了皮莉鼠管家的大宅，會格外淒清！

於是，我登上警車，陪同福爾摩鼠和特拉法警官一同前往受害者的住所。

先鋒鼠警員則留在警局，執行福爾摩鼠交代的神秘任務。

我們抵達了**托尼·頂豪**先生的別墅，只見別墅四周圍繞着精緻的園林，到處布滿了精密的防盜機關。

別墅之主托尼‧頂豪先生服飾高貴，氣質不凡。

看到怪鼠城大名鼎鼎的偵探出現在面前，托尼‧頂豪先生感到十分好奇。

特拉法警官告訴他：福爾摩鼠的跑車也失竊了，頂豪先生吃驚地說：「啊！這個消息真讓我驚訝。我的**頂豪牌跑車**和你的一樣，具備最頂尖的科技工藝……我的跑車設計曾公布於世，而你的跑車設計卻絕密。大家只知道它是由一位天才……也就是大偵探福爾摩鼠所設計！就連你的跑車也被盜走了？」

特拉法警官回覆說：「目前調查正在進行中，頂豪先生。你剛才電話中說有一些最新消息要告訴我，請問……」

頂豪先生立刻回答：「沒錯，警官！今天早

上園丁前來為我修剪花園。通常 園丁 一個月只來一次，他上周二曾經來過，就在那天我的車被盜了！」

特拉法警長轉頭詢問福爾摩鼠：「你怎麼看，我的朋友？」

福爾摩鼠回答道：「嗯……我要先和園丁談一談！」

正在修補籬笆的園丁立刻被警官 召喚 過來。

「聽說你上周二已經來過別墅了？」

他搖搖頭：「才沒有呢！那天我正在城市另一邊工作。」

福爾摩鼠轉身詢問頂豪先生：「你確信上周二看到的就是他嗎？」

頂豪先生聳聳肩說：「如果不是他，也和他長得像*一個模子裏刻出來的！*」

福爾摩鼠向警長低語：「也許上周二來這裏的是那女盜賊或是她的弟弟……他們都是喬裝

高手！」

特拉法警長目瞪口呆地說：「你的意思是……他倆是偷車的真正罪犯？」

福爾摩鼠點點頭：「我認為這很合乎邏輯：那位冒牌園丁**關掉**車庫的警報器，將車盜走！」

他詢問頂豪先生：「你能描述一下被盜走的那輛車嗎？」

「那是一輛**尖端配置**的豪華汽車，福爾摩鼠先生！」他向我們展示了車的設計圖，「這輛車將所有尖端科技匯聚一身。它的名字簡潔而莊

新型
頂豪華
汽車

重：**新型頂豪華汽車！」**

特拉法警長補充說：「猾鼠幫盜走的其他車也都是稀有的名車，有些甚至獨一無二。我們可以推斷出⋯⋯罪犯對 **稀有車型** 十分感興趣⋯⋯很想體會收藏家的快樂！」

福爾摩鼠叮囑說：「湯姆，我希望了解更多有關這些被盜車輛的資訊⋯⋯史提頓，你在幹什麼？**作為一名偵探的重要原則：觀察並記下所有細節！」**

我趕忙從口袋裏掏出筆記簿進行紀錄。

特拉法警長開始陳述：「除了你們已知的新型頂豪華汽車和福爾摩鼠跑車以外，還有三輛名車被 **盜竊**。按照案件發生順序，分別是：

1）一輛擁有超強馬力，卻極其節能的汽車，由機械大師本・特靈改裝而成。

2）一輛由天才設計師保羅・特勞打造車廂內籠的**轎車**。

3）一輛配備尖端自動駕駛系統的小型轎車，由電腦天才傑克·極客一手打造。

福爾摩鼠說：「我想跟其他幾位失主聊聊。」

於是，我們向頂豪鼠道別，離開他的別墅。

機械大師**本·特靈**的工作室位於怪鼠城的工業區。建築物外形殘舊，庭院裏停泊了各類古董跑車，院子由高高的圍牆隔開，只見當中一扇柵欄門上掛着一把大鎖。我們只需要瞄一眼車庫，就能明白這房子的主人是位技巧超羣的**機械師**：車庫裏布滿了各類發動機，有的已經被拆開散落一地，有的被重新組裝過，還有的在試驗台上發出轟轟巨響。

本·特靈為我們展現了被偷車輛的照片，惋惜地說：「你們看看，多美的寶貝啊！我為此辛苦工作了一整年……哎！我都

弄不清楚：為什麼小偷能把這輛車從我**車庫**裏盜走！」

隨後，他開始向偵探描述這輛車運用了哪些科技。我趁機溜出去轉了轉。

我靠在院子的柵欄門上，突然……

砰！ 大閘上的門鉸斷了！

不僅如此，我發現鎖着柵欄門的**大鎖**不知被誰剪斷了，再巧妙地擺放回去，營造出一種鎖頭仍然完好的假像。

聽到響聲，特拉法警長和其他鼠奔出車庫。

福爾摩鼠瞥了眼柵欄門，詢問：「本·特靈先生，為何你柵欄門上的鎖有被**破壞過**的痕跡？」

機械師嚷嚷起來：「**真古怪**。我還以為所有的鎖都完好無損呢！盜竊案發生前一日，我家裏來了一名鎖匠，為我檢查家裏所有門鎖。我並沒有請他過來，不過他告訴我：我為工作室購買的保險單上已包含**門鎖檢修服務**。弄了半天，這把鎖並沒能阻擋盜賊行竊！」

　　福爾摩鼠回答：「這道鎖沒法阻擋盜賊行竊，但對破案卻是十分關鍵！」

　　我們離開了他的工作室，驅車前往汽車設計師**保羅·特勞**的展廳。展廳坐落在怪鼠城中心一座古樸典雅的建築裏。在那兒，設計師熱情洋溢地迎接特拉法警長和福爾摩鼠。

他隨即連珠炮地向我們講述車輛失竊的經過：「我的寶貝車世界上獨一無二。你們知道嗎？為了讓**旅途舒適**，我將車廂內籠全部升級。車座全部使用我設計的鼠體工學座椅，體感舒適，而且超級時尚！現在我仍不明白：盜賊是怎樣潛入我的車庫，盜走了我的寶貝車！我的車庫內安裝了十分現代高效的報警系統！」

福爾摩鼠詢問他：「請問失竊前一天，有什麼不尋常的事發生嗎？」

設計師告訴我們：「沒有。只不過前天下午，有一位**女顧客**上門來挑選服裝、手袋和頭巾，不過最後什麼也沒買……」

福爾摩鼠回總結說：「我明白了，很好！**謝謝你給我們提供資訊……**」

我們向設計師道別，前往附近一座外形奪目的摩天大樓。電腦天才**傑克·極客**的辦公室就坐落在大樓最高層。

65

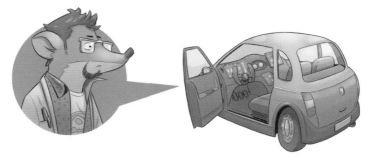

他的辦公室是一整層開放空間，裏面布滿了各種電子元件。他那輛配備自動駕駛系統的轎車就在這裏被盜竊。不過，他絕不是普通的工程師……非常投入工作，他甚至沒發現我們走進房間！

我走到他身旁，剛想提醒他我們來了。他突然轉頭對我説：「給你，拿好了！」

他在我手裏放了一塊乳酪，隨後朝另一部電腦走去：「以一千比特的名義發誓！實驗成功了！」

福爾摩鼠笑着恭喜他：「真是好消息，極客大師。現在你能告訴我們，是什麼實驗成功了呢？」

極客大師困惑地望着他：「我剛才指的是遙距偵測乳酪洞的實驗……你們是何方來客啊？」

特拉法警長向他先介紹了名偵探福爾摩鼠，以及他能幹的助手（*就是我嘛！*）。

福爾摩鼠詢問：「請你回憶一下，車被盜前一天，是否有什麼不尋常的事發生呢？」

他回答說：「沒有啊……那天沒什麼訪客，只有一名 **清潔工** 來打掃清潔。」

「這位清潔工以前來過嗎？」福爾摩鼠追問。

極客大師嘟嚷道：「我怎會知道，我從來不注意這些雞毛蒜皮的小事！不過我記得他那天用了很長時間才完成！」

臨走時，福爾摩鼠對我說：「史提頓，你現在明白了嗎？這些盜竊案都有一個共同點，也就是我們收集到的 **第四條線索！** 涉及到每宗案件發生前一天的陌生訪客！」

我向他闡述了自己的推理：「沒錯！扮成清潔工的老鼠一定是 **盜寶鼠**。他一邊打掃，一邊研究房間布局、同時關閉了警報系統。極客大師總是心無旁騖，根本沒注意到他的小動作！」

特拉法警長接下去分析：「而拜訪設計師保羅‧特勞的那位**女顧客**則是女盜賊卡蘿塔‧鬍鬚鼠！她趁設計師翻找服裝時，關掉了警報器！隨後，入夜後去盜走了豪華汽車！同樣地，她在福爾摩鼠的住所假扮成郵差，來欺騙管家皮莉鼠。」

我點點頭：「而盜寶鼠喬裝扮成了托尼‧頂豪的**園丁**，以及假裝為本‧特靈檢修的**鎖匠**！」

福爾摩鼠宣布：「我敢肯定：**狷鼠幫**其實就是女盜賊鬍鬚鼠和她的弟弟！」

鎖匠　　　　　郵差　　　顧客

「要想逮住他們比登天還難！」特拉法警長感歎説：「他們都是**身手不凡的大盜！**」

福爾摩鼠反駁説：「哼，湯姆！能夠騙過我神探福爾摩鼠的罪犯鼠，**目前還沒有出生**！別忘了我們的錦囊妙計，先鋒鼠警員正在展開調查呢！」

特拉法警長佩服地説：「**我百分百相信你的能力，福爾摩鼠！**

現在我們已查明豪華汽車盜竊案的真正罪犯！」

園丁　　　清潔工

你們也有看出了豪華汽車盜竊案的真正罪犯嗎？

跟隨「嗶嗶」聲！

　　就在此時，特拉法警長的手提電話嗡嗡響起。他接起電話並按下免提通話鍵，好讓我們也聽清楚電話另一端的聲音。來電的是托尼·頂豪先生。

　　「我有要事相告，探長！」電話那端傳來急切的聲音說，「我的跑車安裝了**微型定位儀**，訊號會傳到我的手提電腦上。汽車被盜後，我怎麼也搜不到汽車的定位訊號，不過……現在訊號居然恢復了！」

　　特拉法警長歡呼起來：「太好了！」

　　頂豪先生吩咐：「快告訴我你們所在的位置，我派兩個同事把電腦火速運給你們。他們一位是技術超羣的跑車駕駛員，另一位是我汽車廠裏的**天才發動機工程師**！」

　　特拉法警長説出地址不久，一輛嶄新的頂豪跑車就風馳電掣地朝我們駛來，由一名紅髮女鼠駕駛。她輕快地跳下來，微笑着和我們打招呼：「各位早安，我是**瓦萊莉・嗡嗡**！」

一名男鼠從車的另一邊走下來，他腋下夾着一部手提電腦。

「我是**馬克・轟轟**」，他自我介紹道，「我們前來協助追蹤失竊的跑車訊號！」

他給我們展示了電腦熒幕：只見一個紅點正在地圖上不斷閃爍，紅點定位在城外一處住宅區內。

福爾摩鼠大叫：「一刻也不能耽擱了！史提頓，快和我一起上瓦萊莉女士的車！湯姆，你和其他警員開車跟在我們後面！」

我們趕忙上車「轟隆隆！」瓦萊莉立刻開動引擎，馬克貝責監察電腦上的信號，為我們導航。

我佩服地望着這位女駕駛員，而她呢……

「啪！」她朝我擠擠眼睛，隨後用手指彈彈我的臉頰……**奇怪**，難道我們以前曾見過面？

福爾摩鼠問道：「現在這輛頂豪跑車，與被盜的那輛款式不同，對吧？」

馬克・轟轟回答：「沒錯，福爾摩鼠先生！

托尼‧頂豪先生的車是一輛**跨界車**，如同你那輛獨一無二的古董跑車一樣，這輛車可變換成越野車或豪華轎車。

我插嘴說：「幸好今天沒坐那輛車！以往福爾摩鼠的**超級跑車**變身為越野車在路上狂飆時，我嚇得心臟都快要跳出來了！」

馬克笑起來：「哈哈哈！這就是科技元素太強的缺點！」

福爾摩鼠僅僅「嗯」了一聲回應。

馬克一路追蹤電腦上的定位，並指示瓦萊莉開往目的地。以一千輛莫澤雷勒乳酪的名義發誓，定位訊號將我們帶到**怪鼠城郊外**一座別墅大門前！

我們停在別墅柵欄門口。警察局的車很快也趕到了。那別墅住戶的門牌：居然是……**力奇‧超跑**！

我自告奮勇地向大家解釋：「這個別墅目前無鼠居住。因為力奇先生仍在克萊蒙納大酒店。

　　他也應邀參加在那兒舉行的V.I.P.小提琴手聚會。我在昨晚見過他……應該說，就在車輛失竊那晚，他陪伴福爾摩鼠回到住所……」

　　就在這時，我看到大家都困惑地盯着我。一個念頭在我腦海裏冒出來，嚇得我目瞪口呆……

　　我恍然大悟：「等等！既然追蹤訊號定位顯

示車輛位於**此地**，也就是説……偷車賊正是力奇·超跑？」

福爾摩鼠揚起眉毛，朝我嚷嚷：「基本演繹法，史提頓！你總是頭腦發熱，憑直覺判案！在你斷定某隻鼠是罪犯前，需要收集足夠的**證據**！」

我的臉紅得像番茄。

我的偵探朋友詢問馬克：「根據追蹤訊號定位，**被盜車輛**位於別墅內什麼位置？」

馬克查看了熒幕，回答道：「在這裏，福爾摩鼠先生，訊號來自**別墅**後面的建築內部。」

我們沿着別墅的籬笆牆繞行，四處張望。只見別墅後面有一間**低矮的小屋**。小屋的大門上了鎖，窗戶位置出奇地高，位於屋頂下方。

我為自己剛才冒失的言語感到難為情。於是，趁着福爾摩鼠與特拉法警長低聲耳語時，我決定鑽過別墅濃密的**籬笆**牆，潛入房屋內部調查。於是，我小心翼翼地爬入長滿玫瑰的灌木

叢，可是⋯⋯我的外套被玫瑰樹枝上的 刺 勾住了！

我急着想脫身，拚命拽外套，一次、兩次、三次、十次⋯⋯哇呀呀！我的袖子也被玫瑰的刺勾破了！

福爾摩鼠的聲音透進樹叢，呼喊：「**史提頓**！你在那裏躲躲藏藏幹什麼？**記住作為一名偵探的重要原則：若想摘取玫瑰花，記得留意它的刺！**」

我支支吾吾地說：「我⋯⋯只是想溜進去！」

他嚷嚷道：「你在胡鬧什麼！你又想出什麼鬼主意了？為何要這樣做？」

特拉法警長安慰說：「我可以吩咐警員出示搜查證！」

但福爾摩鼠制止他，說：「湯姆，沒這個必要！如果你耐心等待幾分鐘，我向你保證：別墅的主人會親自來開門。」

我尷尬地説：「呃……趁着等待的時間，誰可以好心幫幫我……」

就在此時，**力奇・超跑**的豪華汽車一陣風般開到別墅門口。力奇先生微笑着走下車，招呼我們：「福爾摩鼠先生，在這兒看到你真讓我高興！我猜你是來我家切磋小提琴的吧。不過這幾位先生是何方貴客呢？」

福爾摩鼠紳士地向他介紹怪鼠城警察局的特拉法警長。

就在這時，我身旁傳來一位女士**輕柔**的聲音説：「噢，謝利連摩！讓我來幫你！」

説話的正是**瓦萊莉・嗡嗡小姐**，她努力幫我從玫瑰叢裏脱身。

我不好意思地嘟囔着説：「咕吱吱……太感謝你了，瓦萊莉！」

她向我微笑：「不客氣，我很高興能幫到你，謝利連摩！嘿，瞧你那一臉傻樣！」

我羞愧地**漲紅了臉**，同時感到如釋重

負……我終於從多刺的玫瑰叢裏脱身了！

我聽到力奇先生在詢問福爾摩鼠：「是什麼風把一羣**警員**吹到我家這兒來了？」

特拉法警長回答：「超跑先生，我們懷疑你私藏被盜的跑車……就在那座小屋裏！」

　　力奇・超跑憤慨地為自己辯解：「荒唐至極！那小屋是我的『私家博物館』，收藏着我所購買的**古董名車**！你們隨我來親眼看看，我可沒什麼好遮掩的！」

　　力奇帶我們來到別墅後方的小屋門前，掏出鑰匙旋開門鎖。大門緩緩張開，只見他的私家 博物館 裏停泊了所有被盜的豪華汽車！所有⋯⋯除了福爾摩鼠的那輛古董超級跑車。

念念不忘，必有迴響……

　　力奇‧超跑的臉瞬間變得比紙還慘白，他爭辯說：「那……那些不是我的車！我是說，不是所有車都是……」

　　特拉法警長打斷他的話：「抱歉，無論你有什麼說辭，請你到**警察局**走一趟！」

　　只見力奇臉色刷白，顫抖不已，說不出話來。而福爾摩鼠則一臉難以置信：「嗯……」

　　瓦萊莉容光煥發地宣布：「托尼‧頂豪先生的寶貝車失而復得！我們完成了任務。」

80

馬克盯着**電腦**熒幕，確認說：「車輛定位訊號已經完全恢復！」

福爾摩鼠沉吟着說：「我們有必要想一想，為什麼定位訊號原本消失，卻突然間恢復了。」

馬克推測說：「也許因為托尼‧頂豪先生的車，比你的那輛古董老爺車**科技**更先進……」

與此同時，特拉法警長逐一認出了本‧特靈的節能汽車、保羅‧特勞的**豪華轎車**，以及傑克‧極客的自動駕駛小型轎車。

我在一旁憂心忡忡、心中七上八下。

我不禁驚呼：「**皮莉鼠小姐不在這裏……福爾摩鼠的那輛跑車也不在這裏！**」

就在此時，瓦萊莉驚呼起來：「快看！有老鼠關在我旁邊這輛車裏！」

福爾摩鼠飛快地趕到她身旁。我也飛奔過去。我們透過車門，向內張望，只見……

皮莉鼠小姐正躺在後座上昏睡！

親愛的鼠迷朋友們，我簡直無法形容此刻見到朋友安然無恙時激動的心情！

　　看來盜賊使用的ZZZ牌噴霧的**催眠**藥力未過，皮莉鼠倒在座椅上呼呼大睡。

　　我詢問福爾摩鼠：「我們該叫醒她嗎？」

　　他回答我：「史提頓，別喚醒她了，我猜不一會兒她就會清醒過來。快看！車內還有**兩件物品**，值得我們注意。」

　　他向我指了指汽車儀錶盤上的**兩個信封**。

只見第一個信封上寫上了收信者名字是力
奇·超跑。福爾摩鼠將這封信交給特拉
法警長。

力奇·超跑 先生收

警長打開信封，驚呼道：
「這封信的字跡來自**盜寶鼠**
和**鬍鬚鼠**！信的內容是說他們已經完成了任
務⋯⋯遵照力奇·超跑的指示！」

特拉法警長瞥了一眼力奇，超跑先生嘟囔
道：「我⋯⋯我根本不知道他們倆是誰！」

警長反駁說：「真的嗎？信裏交代得清清楚
楚：兩名大盜聲稱為了豐富你的收藏，他們已經
把**四輛豪華汽車**偷到手⋯⋯當中提到按照雙
方合約，福爾摩鼠的古董跑車將作為他們這次行
動的戰利品！他們在信中寫道：隨信將福爾摩鼠
的管家一併奉還！」

就在此時，福爾摩鼠拆
開另一封信，那封信上的
收件者正是他自己。

福爾摩斯鼠 先生收

「嗯……看來卡蘿塔·鬍鬚鼠和她的弟弟沒有傷害皮莉鼠一根毫毛。他們原本沒有計劃綁架她，他們對此向我道歉。他們通常不會這樣做……但皮莉鼠實在太**精明**了，逼得兩個大盜別無選擇！」

福爾摩鼠轉頭望向皮莉鼠小姐，恰恰在這時她張開雙眼。

我的偵探朋友推斷：「果然如此，也許皮莉鼠見過盜賊，犯人害怕她醒來會向我透露線索，因此用藥讓她一直昏睡！現在她終於**安全無恙**了！」

皮莉鼠已完全清醒，我**高興**地奔過去擁抱她。

「謝利連摩！見到你真是太好了……你怎麼也在這裏，福爾摩鼠先生？」

福爾摩鼠笑着說：「歡迎醒來，皮莉鼠小姐！」

我從褲袋裏掏出在她房間裏找到的**紅色劉海**，鄭重地遞給她。

「**物歸原主啦！**」

「噢！」她反應過來說，「瞧我一身多邋遢……」她迅速更換了劉海，現在劉海的顏色和衣服統一了。

隨後，她告訴我：「我當時已發現那不是真**郵差**……因為他來的時間不對！我的直覺告訴我：是鬍鬚鼠假扮成了郵差，我曾在**藝術珍寶毀壞案**時聽福爾摩鼠先生提到過她……而門口那位冒牌鼠作案手法和她非常相似！不管她如何模仿我，她定會忽略我的配搭細節……我猜，你們肯定不會忽略這個重要**線索！**」

福爾摩鼠讚歎道：「你的推論完全正確，皮

莉鼠小姐！」

管家繼續說：「你們知道嗎？當我昏睡時，我做了個奇怪的夢……我正在鄉間駕駛古董超級跑車，突然發現儀錶盤上有個從未使用過的紅色按鈕。我好奇地按了下去，剎那間跑車開始變形，變換成了一輛越野車！」

福爾摩鼠回應道：「嗯……這倒很有趣！」

隨後，他誇獎管家，說：「謝謝你，皮莉鼠小姐，你剛才的那番話，為我揭開案件真相！」

特拉法警長驚訝地說：「什麼？我的朋友，案件真相大白了！那兩封信寫得很清楚，偷車案的幕後主謀就是力奇·超跑！」

超跑先生再一次聲明他與此事毫無關係，但兩位警員把他押到一旁。

馬克和瓦萊莉給頂豪先生打電話，向他匯報了尋回跑車的好消息。

頂豪先生對他們發出指示：為車輛完成檢驗

後，馬上把車開回車廠。

特拉法警長也一一致電**保羅・特勞**，**本・特靈**、以及**傑克・極客**，通知他們失竊車輛已經找到，只需幾日就可物歸原主。

隨後，警長致電警察局，要求派出更多警員前來現場搜證。他掛斷電話後，得意地對福爾摩鼠說：「既然案件已水落石出，我看應立刻通知索尼婭・先鋒鼠警員了。我的朋友，你之前吩咐她進行的秘密調查毫無必要！」

福爾摩鼠搖搖頭：「湯姆，我並不認同你的觀點！你可別忘記：我的**古董超級跑車**仍下落不明！」

特拉法警長反駁說：「根據那封信的內容，你的跑車如今在鬍鬚鼠和她弟弟那裏！」

福爾摩鼠不再爭辯，簡單地吩咐他：「相信我！目前還未結案！先鋒鼠警員務必將我吩咐的**調查**完成！」

頂豪先生的工廠

　　此時，已是落日時分。漫長的一天即將過去。儘管我們沒有找到古董超級跑車，也沒有逮住鬍鬚鼠和她的弟弟，但我們追回了其他**失竊車輛**……還擁抱了親愛的皮莉鼠小姐！

　　不一會兒，從怪鼠城警察局派遣的大批 **警員** 抵達現場。力奇・超跑先生充當豪華汽車博物館的小屋前頓時鼠來鼠往、熱鬧非凡。

案件的**主要嫌疑犯**（也是這座宅邸的擁有者）被兩名警員看守着，站在一旁。

其他警員在宅邸和小屋裏進進出出，搜尋福爾摩鼠的古董超級跑車以及兩名盜賊的**下落**。

福爾摩鼠卻出奇地安靜。他甚至避開我們，走到很遠處接聽了一個**電話**，似乎有秘密不想被其他鼠知曉。

我聽到他接電話時稱讚道：「**做得好！**」

隨後他走到馬克・轟轟和瓦萊莉・嗡嗡身旁。他們正將 **新型頂豪華汽車** 開出車庫。

福爾摩鼠詢問：「請問我可以搭你們的車嗎？我很想參觀一下頂豪先生的傳奇車廠。」

馬克瞥了一眼瓦萊莉，同意說：「當然歡迎……頂豪先生會感到十分榮幸！」

福爾摩鼠徑直向我和女管家走來，說：「我們出發吧？你們**準備好**了嗎？」

我十分疑惑地問：「可是……我們不是應先把皮莉鼠小姐送回家嗎？她現在理應好好休息！」

女管家卻回答道：「不必擔心我，謝利連摩，我**準備好了**！我睡了那麼久，我很想跟你和福爾摩鼠先生同去。平日我總在大宅裏忙碌，這次出行……對我來說就像度假！」

福爾摩鼠點點頭：「說得好，皮莉鼠小姐！

幸好你完全不像史提頓……他最大的樂趣就是整日窩在壁爐前吃**點心**！」

我的臉漲得通紅，說：「這都怪點心味道太好！」

隨後福爾摩鼠走到特拉法警長身旁，在他耳邊低語：「我建議你也來，帶上你的**嫌疑犯**……也許會有新發現！」

於是，幾輛車形成一列車隊，浩浩蕩蕩向前開去。我坐在車隊的最後一輛車上，與幾位警員同行，一路上我心情都無法平靜。

當我轉頭向身後張望時……**以一千塊莫澤雷勒乳酪的名義發誓**！有輛車似乎一直在尾隨我們。

我瞪大雙眼，想要看得更清楚些。

那輛 **神秘的車** 一直跟在我們後面！隨後，它轉彎開入一條小路⋯⋯

也許是我弄錯了，也許它並沒有跟蹤我們⋯⋯咕吱吱！

很快，我們也一個急轉彎，開入了頂豪先生的車廠。我們抵達了目的地⋯⋯天知道那位**跟蹤者**此刻身在何處！

我下了警車，尋思着是否應向福爾摩鼠和其他警員匯報這件事，一邊四處張望。

頂豪先生的車廠四面都是鐵絲網圍欄⋯⋯突然，一個 黑影翻牆而過！那個身影十分敏捷靈活，在幾秒鐘內就竄進工廠內消失了。

到底發生了什麼事？

那個黑影又是何方神聖？

咕吱吱……我的直覺告訴我，那個黑影正是她，膽大包天的**卡蘿塔·鬍鬚鼠**！

福爾摩鼠剛從第一輛車上下來，正在盯着廠房外的一輛**藍色大貨櫃車**。我快步向他奔去。

我正打算告訴他剛才發生的一切，頂豪先生踱步走出工廠來歡迎我們。「福爾摩鼠先生，我很榮幸能在廠房見到你，以及你身邊這些紳士們！」

他轉頭招呼正在擦拭新型頂豪華汽車的馬克和瓦萊莉：「我也要感謝兩位能幹的**同事**，協助追回了我的寶貝車！」

他向特拉法警長伸出手爪，說：「請允許我向特拉法警長表示最高的敬意，你逮住了怪鼠城最為狡猾的豪華汽車**盜竊犯**。」

「我沒偷竊任何車……**請你們相信我！**」力奇拚命掙扎，企圖掙脫兩位警員的控制。

我還沒來得及開口說話，頂豪先生就熱情地邀請我們進入 **工廠** 參觀，向我們展示生產線上最新研製的頂豪華汽車型。

真奇怪！福爾摩鼠一路上心不在焉。

只見他不時地瞄 **手提電話** ，一邊和誰互發短信通訊……

我們一行鼠經過一扇門，門上的牌子寫着：

頂豪新型車研發項目。

頂豪先生說：「很遺憾這裏不接受任何參觀……因為研發項目屬於

高度機密！」

我們繼續向前走去。我不經心地回頭一望……突然看到福爾摩鼠從那個高度機密的研發室裏溜出來，手裏緊緊握着手提電話！

他一個箭步竄到我面前，用手指放在嘴唇上，輕聲吩咐我：「噓！別作聲，史提頓！拜託！」

走在隊伍前列的**托尼・頂豪**回過頭詢問：「福爾摩鼠先生，你對我的工廠印象如何？」

福爾摩鼠瞄了一眼手提電話上的 **資訊**，然後抬起頭彬彬有禮地回答：「我很高興能來此地參觀，頂豪先生……因為我那輛在隧道內離奇失蹤的古董超級跑車，就藏匿在你的工廠裏！」

結案

「案件最關鍵的
第五條線索，就在
所有鼠眼皮底下……」

夏洛特·福爾摩鼠

謎團揭曉

托尼·頂豪仍然保持微笑，但他的額頭開始滲出汗珠。他盯着福爾摩鼠發問：「你憑什麼斷定那輛車在我這裏？同事告訴我，警員在力奇·超跑的別墅裏不僅找到失竊的車，還有兩信封，指證案件主謀就是他！」

說着，他用手指向力奇·超跑，疑犯的臉變得更蒼白了。

馬克·轟轟和瓦萊莉·嗡嗡也不住地點頭。

瓦萊莉確認説：「的確如此，頂豪先生！」

馬克也附和説：「信上寫得清清楚楚：**力奇·超跑**正是盜竊案的主謀！」

力奇·超跑在兩位警員的看守下，嘟囔着道：「我……我從來沒有指示過任何鼠偷車！」

特拉法警長聳聳肩，回應説：「你的辯解我都聽到了，超跑先生。但現在你仍是案件的**主要嫌疑犯**！」

頂豪先生露出滿意的微笑，他轉身對着福爾摩鼠厲聲説：「福爾摩鼠先生，案件早已真相大白。我不明白你出於何種原因，堅持聲稱你的豪華汽車藏匿在我的車廠裏。」

福爾摩鼠從口袋裏掏出手提電話，冷冷地回答：「頂豪先生，你想知道的原因就在這裏！手提電話上記錄了我的超跑車**神秘失蹤**那一刻的畫面……」

他向我們展示了手提電話上記錄的隧道口

交通 監控影片 ：只見福爾摩鼠的古董超級跑車駛入隧道，駕駛它的正是冒牌皮莉鼠（真實身分是鬍鬚鼠）。但是，不一會兒隧道另一頭駛出來的卻是一輛貨櫃車……根本不見超跑車的蹤影！超跑車去哪兒了？究竟發生了什麼事？咕吱吱！

管家皮莉鼠查看了畫面後，津津樂道地評論起來：「哈哈哈！那個盜賊挺會喬裝打扮啊！若不是她弄錯了服裝和劉海的**配色**，連我都會以為畫面上的是我自己！」

福爾摩鼠說話了：「各位，拜託你們仔細看！案件最關鍵的**第五條線索**，就在所有鼠眼皮底下……」

我又一次查看剛才的影片。

我還記得：當時正是影片畫面吸引了福爾摩鼠的**注意**，他才決定拜託先鋒鼠警員開展機密調查。

　　以一千塊莫澤雷勒乳酪名義發誓，我盯着手提電話熒幕一遍遍 **搜尋**……卻怎麼也找不出什麼線索！

　　福爾摩鼠目光炯炯地望着我：「怎麼樣，史提頓？你有什麼新發現嗎？」

　　我嘟囔道：「嗯……老實說，沒有！」

這裏有個很有趣的細節……
史提頓，用上基本演繹法！

你們也注意到福爾摩鼠所提的
細節是什麼嗎？

福爾摩鼠揮舞着手指頭，為我指點迷津：

「作為一名偵探的重要原則：如果你盯着瑣碎的細節不放，你就會錯過整體！史提頓，若你眼中只有一棵棵樹木，那就看不到整個森林！」

我更加仔細地盯着畫面，但是我既沒有看到樹，也沒有看到森林啊！

福爾摩鼠吩咐現場所有鼠：**「大家隨我來！」**他來到車廠入口廣場，那裏停着一輛**頂豪牌**標誌的貨櫃車，我頓時恍然大悟。

那貨櫃車與影片畫面上的貨櫃車一模一樣！

我嚷嚷：「福爾摩鼠，這輛車外型和影片上從隧道口駛出的**貨櫃車**完全相同！」

特拉法警長詢問：「頂豪先生，這輛貨櫃車是你的嗎？」

托尼‧頂豪確認道：「沒錯！它是藍色的，外觀與高速公路上開的普通貨櫃車一樣！但請允許我為你們指出：它和影片上的貨櫃車有何不同！」

　　福爾摩鼠再次展示手提電話上的畫面：「頂豪先生，我不得不承認：你的**觀察力**十分超羣。影片畫面上的貨櫃車，車身上並沒有漆上『頂豪豪華汽車』的標誌……」

　　福爾摩鼠走近那輛貨櫃車，自言自語：「因為當時那輛車身上蒙了層藍色**塑膠膜**……各位你們看好了！」

　　福爾摩鼠扯下黏在貨櫃車標誌旁的一塊藍色塑膠膜，「這塊膜就是證據！史提頓，你來摸摸這兒！」

我將手爪放在貨櫃車「頂豪豪華汽車」的標誌上：感覺十分**黏手**！

「感覺車上刷過膠！」我驚呼起來。

福爾摩鼠分析說：「這說明了這個標誌曾經被遮蓋！這樣即使隧道口的閉路電視拍攝出貨櫃車的畫面，也無法證明這輛車屬於你，頂豪先生！」

托尼·頂豪 聳聳肩膀：「也許吧，不過我可不清楚這件事是誰幹的，背後有何動機……」

特拉法警長嚴肅地點點頭：「沒錯！」

托尼·頂豪反駁說：「再說，就算眼前的這輛貨櫃車的確是當日從隧道裏駛出的那輛貨櫃車，這和案件又有什麼聯繫呢？」

福爾摩鼠冷靜地說：「頂豪先生，你能否為我們打開貨櫃車的**車尾門**？我找不到鎖頭……」

頂豪微笑着回答：「當然！我手提電話上裝

有能操控貨櫃車的程式可以解鎖。」

他按下自己手提電話鍵盤上的一個按鈕⋯⋯嗶嗶！只見貨櫃車車尾門緩緩升起，從車廂裏伸出一道踏板，自動鋪設到地面上。

車廂裏**一片漆黑**！我伸長脖子向內張望，但什麼也看不清⋯⋯

福爾摩鼠吩咐我：「史提頓，你鑽進去瞧一瞧⋯⋯記得帶上你的**手提電話**！」

我可不情願踏入漆黑的車廂，卻別無選擇。我只好踩着踏板一步步走進車廂內。

我在車廂裏走了幾步，裏面似乎空無一物。

車廂外傳來福爾摩鼠的聲音：「頂豪先生，可否請你關上車尾門？」

嗶嗶！貨櫃車踏板緩緩升起，我發現自己置身於可怕的黑暗中⋯⋯簡直**比煤炭堆裏還黑**！

我甚至連自己的鼻尖都看不到⋯⋯我**嚇**得如篩糠般抖個不停！

儘管車廂內並不危險，但⋯⋯我差點**嚇破了膽**！

我連忙從口袋裏摸出手提電話，開啟照明功能，貨櫃車裏的確**空空如也**！

我想給福爾摩鼠打個電話，懇請他打開車廂門。但奇怪的是，貨櫃車**車廂裏**沒有訊號！我不停重撥也未能打出電話。看來只能從內敲打車尾門來通知他了。

我向車尾門移動，就在此時地板傳來**一陣震動**！

我恐懼地停下腳步。究竟發生了什麼事？

不一會兒，車尾門升起來了。福爾摩鼠的聲音從**車外**響起：「謝謝你，頂豪先生……史提頓，你可以出來了！」

我暈眩地步出車外，還沒來得及說話，福爾摩鼠就立即查問我：「史提頓，快說，你的手提電話在車廂裏各項功能是否正常？」

我回答道：「不正常！我剛才試圖給你打電話，但……」

他微微一笑：「**做得好，史提頓**！你剛剛揭示了一個重要發現！」

我困惑地望着他。

福爾摩鼠解釋道：「我剛剛也試着給你打電話，但未能接通，語音提示你的手提電話不在服務區……這說明貨櫃車內部不能接收電話。也許貨櫃車的牆壁裝有**鉛板**，所以能阻擋手提電話訊號。既然車廂能夠遮罩手提電話訊號，也定能阻斷**車輛的定位訊號**！」

我終於明白為何福爾摩鼠把我關進車廂了。

「如今我們就解釋得通古董超級跑車失竊後經歷了什麼……**沒錯吧，史提頓？**」

我大膽說出自己的推理：「盜賊們肯定提前將貨櫃車停在隧道裏……他們很清楚那裏並沒有安裝**閉路電視**！隨後他們將古董超級跑車開入隧道，將跑車轉移到貨櫃車內：那車廂內空間很大，甚至可以容納……一頭大象！」

福爾摩鼠滿意地點點頭：「**史提頓，基本演繹法**！我來補充一下：當貨櫃車車尾門關上，車身的鉛板就會阻斷定位訊號！」

我很欣慰大偵探肯定了我的**推理**，但托尼‧頂豪並不認同：「福爾摩鼠先生，你的假設很精彩！但是一小片貨櫃車上脫落的**塑膠膜**並無法證明我的貨櫃車就是隧道中開出的那輛車。而影片中可沒有顯示貨櫃車的車牌！」

福爾摩鼠微微一笑：「的確如此，頂豪先生。所以，我們不僅查看了隧道口的影片，也將沿線高速公路的閉路電視影片查了一遍，試圖還

原那輛貨櫃車的行車路線。」

說到這裏，福爾摩鼠搖搖腦袋：「不得不承認，要做到這點難上加難……」

我擔心地望着他。難道他就這樣放棄麼……

怎麼可能？ 他是老鼠島最出色的偵探啊！

福爾摩斯停頓片刻，繼續不緊不慢地說：「……但我們最終還是完成了任務，多虧了一位非常、非常能幹的女警探！」

他轉過身，向一處低矮的平房走去。那平房配着厚重的金屬門。突然，一陣**馬達轟鳴聲**從平房內響起。

轟隆隆！

大家紛紛回過頭觀望。只見金屬門緩緩升起……

一束炫目的 **燈光** 照得我們眼花繚亂……

突然，福爾摩鼠的古董超級跑車疾速駛了出來！駕駛座上坐着一位女鼠……難道是卡蘿塔·鬍鬚鼠？

　　不對，我仔細凝視着那司機的面孔……以一千塊莫澤雷勒乳酪的名義發誓，是索尼婭·先鋒鼠警員！

　　跑車在廣場中間停下來，我奔上去大聲詢問：「先鋒鼠警員，**真的是你嗎？**」

　　福爾摩鼠大笑起來：「哈哈哈！史提頓，你真是一朝被蛇咬，十年怕草繩！我敢向你擔保，她絕不是鬍鬚鼠！」

　　我驚訝得合不攏嘴：「剛才一路開車跟着我們、那跨過圍欄翻進工廠裏的黑影就是索尼婭？」

　　女警員微微一笑：「正是我，謝利連摩！當

我發現運載古董超級跑車的 **貨櫃車** 最終的目的地是頂豪工廠後，我立刻打電話通知了福爾摩鼠。但你們已經在我之前動身了！所以我開車跟着你們，並關掉燈光，以免引起注意！」

我問道：「這麼說來，一直頻頻給福爾摩鼠手提電話發 **消息** 的，也是你吧？」

福爾摩鼠插嘴說：「史提頓，看到你慢慢展現出偵探的 **觀察力**，讓我很欣慰。沒錯，先鋒鼠警員在廠內調查時，向我發送消息來通知我進展。不過有段時間，我無法和她聯絡上，因為她進入了某處可阻擋無線通訊的領域……」

我忍不住評論道：「就如我剛才在貨櫃車車廂裏一樣！你聯繫不上她一定很擔心吧，**福爾摩鼠**！」

福爾摩鼠淡淡一笑：「我早就料到跑車會藏在這兒！事實上，當索尼婭從工廠遮罩信號區域出來後，超級跑車的 **定位訊號** 也恢復了正常。」

特拉法警長拍手叫好：「做得好，我的朋友！多虧了你，案情終於真相大白！請允許我在此宣布：離奇・超跑先生是**無辜**的！目前一切線索都指向了托尼・頂豪，他才是指使鬍鬚鼠和她弟弟盜竊的**元兇**！」

力奇・超跑被立刻釋放，他的臉也恢復了血色：「我……總算自由了！」

特拉法警長揮揮手，剛才押着超跑先生的兩位警員轉頭向托尼・頂豪走去。

頂豪先生高聲抗議：「一派胡言！我乃是億萬富豪，而我自己的工廠專業生產名車……請問我有何動機去**偷車**？」

福爾摩鼠回答：「呵呵呵，你沒有動機？你可不單偷了我一部車！你假裝報失，聲稱自己的豪華汽車失竊，是為了混淆視聽！隨後，你幕後指使把盜竊得來的多輛豪華汽車藏在超跑先生家中。你為何單單對這幾輛名車感興趣？請允許

我為大家展示 **第六條線索**，也就是你的犯案動機……**頂豪新型車研發項目**的設計圖……請各位在我手提電話上看清楚！」

這張專案設計圖紙說明了一切！

你們也注意到設計圖中
有趣的細節了嗎？

托尼・頂豪狂怒地大吼：「你怎麼會拍到這張 **照片** ？」

福爾摩鼠不緊不慢地回答：「**對尋求真相的偵探來說，沒有打不開的門。**」

福爾摩鼠對我說：「史提頓，你有什麼發現嗎？」

我嘟囔着：「說實話……福爾摩鼠，我沒看出什麼特別之處！」

福爾摩鼠啟發我：「史提頓，這可不行！你無須成為 **機械天才** ，也應注意到新車的發動機抄襲了本・特靈的發明……內籠也參照了保羅・特勞的設計……而自動駕駛系統則和傑克・極客設計的一模一樣。現在你能總結出什麼推論？」

我驚呼道：「咕吱吱！那托尼・頂豪不僅偷竊了車，而且 **剽竊** 了其他車主的創意！」

聽了這話，在場老鼠的目光全部聚焦在托尼・頂豪身上。

特拉法警長、先鋒鼠警員和其他警員一臉

凝重。

皮莉鼠管家義憤填膺。

力奇‧超跑倒是如釋重負，看上去十分愉快。

馬克‧轟轟和瓦萊莉‧嗡嗡的臉色不太好，看上去憂心忡忡。

托尼‧頂豪此刻啞口無言！

福爾摩鼠繼續分析：「在研究並剽竊其他車主的發明後，托尼‧頂豪將這些車轉移到了力奇‧超跑的車棚裏，因為他事先調查過超跑先生那幾日要參加在克萊蒙納大酒店的**V.I.P.會議**。而我們在之前的案件調查中已知道鬍鬚鼠有能力撬開任何一扇門。這一次她打開了超跑先生車棚之門，不是為了偷盜車，而是為了……栽贓陷害他！」

福爾摩鼠轉向托尼‧頂豪繼續說：「你把我的跑車藏起來，是為了研究它……你知道那輛車**凝聚了我的智慧**，有很多細節可以抄襲！」

福爾摩鼠清清嗓子：「各位請牢記，**對於偵探或者發明家的重要原則：若想原封不動抄襲，先要弄懂設計原理！**而我這個大偵探凝聚無數心血設計的車型，又怎會被**普通**的老鼠**輕易學到手**呢……」

托尼‧頂豪沮喪地說：「我必須承認：我關起門整整研究了一天，也沒弄明白你那輛超跑車的運行原理！」

福爾摩鼠有些同情地看着他。「頂豪先生，我還要**告訴**你一件事：我猜鬍鬚鼠和她的弟弟也不會留很多時間給你！他們計劃將我的跑車開走……作為他們的**戰利品**！」

特拉法警長嚴肅地說：「那兩個盜賊現在何

處？」

福爾摩鼠慢悠悠地說：「湯姆，我們馬上就能逮住他們了。和往常一樣，我總能從管家皮莉鼠小姐的**建議**中獲益良多。皮莉鼠小姐，你能和我們再重複之前做過的夢嗎？」

皮莉鼠小姐點點頭：「昏睡時，我做了個夢……我正在駕駛古董超級跑車，突然發現儀錶盤上有個陌生**按鈕**。我按了下去，剎那間跑車開始變形，變換成了另一輛非凡的越野車！」

我的偵探朋友轉頭望着我：「史提頓，你應該記得，因為你曾體驗過！」

我嘟囔着說：「呃……我什麼都不知道……」

福爾摩鼠歎了口氣：「史提頓，我的古董超級跑車有一個**特殊功能**，正如皮莉鼠所做的夢：只需按下一個按鈕，它就會從運動型越野車變身為頂級豪華轎車！

117

除了你我之外，從來沒有鼠知曉它能夠變形的秘密。今天卻有老鼠對我提起我超跑車的這項功能……說明他一定研究過我的車！」

我**恍然大悟**：「我想起來了！馬克提起過！今天我們坐在車內閒聊時，他評論過你的車！」

我立刻朝馬克奔去，但他撒腿就跑。我向前一躍，試圖逮住他，但……**轟隆隆隆隆！**

一輛頂豪牌轎車攔住我的路。駕駛它的正是瓦萊莉。馬克以迅雷不及掩耳的速度竄上副駕駛位置，將我甩在車後。

一千塊莫澤雷勒乳酪的名義發誓！原來馬克·轟轟正是**盜寶鼠**，而能幹的瓦萊莉就是**卡蘿塔·鬍鬍鼠**！

福爾摩鼠的呼喚打斷了我的思緒：「史提頓？你站在那裏夢遊嗎？還不趕快上車！」

福爾摩鼠踩下古董超級跑車的油門。我快步鑽進車內……**轟轟轟轟轟！**我們在馬路上飛馳。

「快繫緊安全帶，史提頓！」我的朋友高喊道，隨後他按下按鈕，只見……

「嘭！」古董超級跑車立刻從轎車變身為運動型的越野車，沿着昏暗的道路**風馳電掣**。

但那輛頂豪牌轎車的速度也毫不遜色！

幸運的是，古董超級跑車上安裝了速度探測儀，以及能夠提示**安全路段**的預警系統！

我高聲嚷嚷：「看來我們追不上他們啦！」

福爾摩鼠安慰我說：「別擔心！我的車還有一項特殊功能：**飛剎**！」

「算了吧，福爾摩鼠……所有的汽車都有這功能，我們需要的是超車和堵截功能！」

福爾摩鼠辯解：「哼，我指的是讓其他車飛快剎住！」

他又按下一個按鈕，只見……「**嗖！**」兩支利箭從超跑車兩側射出，徑直刺進了盜賊駕駛的頂豪牌轎車。

不一會兒，頂豪牌轎車的發動機就熄火了！福爾摩鼠露出滿意的笑容：「飛剎箭能夠入侵車輛電力系統，熄滅發動機！」

我看到鬍鬚鼠和她弟弟從轎車兩邊跳下來。

他們肩上都背着個 **大背包**。

福爾摩鼠驚呼：「史提頓！看來一切還沒結束！」

我奮力向鬍鬚鼠奔去，高聲大叫：

「休想逃……
鬍鬚鼠！」

她朝我莞爾一笑，拉了拉肩上的包帶……剎那間一個螺旋槳裝置從她身後背包裏彈出來，拉着她慢慢地升到天空。

空中飄下來她最後的話語：「我們後會有期，**瞧你那一臉傻樣！**」

等警車呼嘯着趕到時，鬍鬚鼠已經與她的弟弟一起消失在漫天繁星中。

助理管家
（為期一天）

下午五點的鐘聲剛剛響起，滿載點心的茶點車吱吱嘎嘎地進入離奇大街13號偵探社大宅的**書房**。

我的大偵探朋友坐在書房一旁的扶手椅上，而另一側扶手椅上坐的是……管家皮莉鼠小姐！

而使出渾身力氣推着茶點車的則是我！

在經歷漫長的案件偵查後，今天由我來擔任**助理管家**！

福爾摩鼠瞥了眼手錶，嘟嚷着：「五點零五秒⋯⋯**史提頓，遲到就是犯罪！**」

隨後，他拿出書桌上的間尺，量度 **茶點車** 上每塊餅乾的大小。

他抱怨道：「這裏多了兩毫米⋯⋯那裏少了三毫米⋯⋯這塊餅乾太彎⋯⋯那塊餅乾太扁。哎！史提頓，你這手藝可真差！」

最後，他用指尖碰了碰茶壺，下結論說：「我不用溫度計，也可知道你這壺**茶**太涼了！要想成為合格的管家，你要學的還多着呢！」

我攤開雙臂無奈地說：「我知道自己無法做到皮莉鼠小姐那樣優秀，可⋯⋯」

管家連忙來解圍：「別這樣說，謝利連摩！我這個工作的成功秘訣就是做事用**心**！我能看出來：你已經盡力了！」

福爾摩鼠微微一笑：「我不想反駁你，皮莉鼠小姐！對了，讓我試試力奇・超跑先生剛送來

的**禮物！**」

他從書桌下拿起一個古色古香的**喇叭**，那是超跑先生收藏的古董車音響零件之一……**叭叭叭！**

他在我耳邊按響了喇叭，嚇得我騰地向上一跳，腦袋磕到了天花板！

福爾摩鼠提醒我：「你快要遲到了……如果再不走，就趕不上火車啦！」

　　我趕忙奔進走廊，皮莉鼠小姐已經將我的行李箱放置在門口。

　　我在街上一路狂奔，一邊將手爪伸進外套口袋，尋找回程的**車票**，卻摸到一張小字條，上面寫着幾行字：

> 傻瓜臉，下次見！
> 我相信，見面的時間不會太遙遠！
>
> 　　　　卡蘿塔・鬍鬚鼠

　　我向車站飛奔而去，很快我將展開另一段驚險刺激的**歷險**。在旅程中少不了狡點靈活的汪洋大盜，而偉大的偵探福爾摩鼠將再次和他忠誠的助手並肩作戰，那就是我……

　　　　　　謝利連摩・史提頓

福爾摩鼠偵探小學堂

作為一名偵探的重要原則：
學會整理收納！

史提頓，這是你需要牢記的原則！你離開我大宅後，我進入你住的房間瞥了幾眼，就能看出你平時生活有多混亂了……要知道，皮莉鼠管家在你來之前將房間收拾得十分整潔！

一位出色的偵探助理必定會把物品安排得井井有條。這樣即使自己離開，其他鼠也能迅速找到物品。

生活混亂無序的鼠，不僅看起來很邋遢，還會影響學習和工作！

126

你還記得鬍鬚鼠嗎？當她搜索過皮莉鼠的廚房後，裏面的物品全部移離了原有的位置！但管家皮莉鼠憑藉敏銳的觀察力，發現廚房內有五件物品不見了⋯⋯

各位鼠迷，測測你的眼力如何！

請仔細觀察！這兩幅圖片
之間有五處不同，你能找出哪幾件東西不見了嗎？

 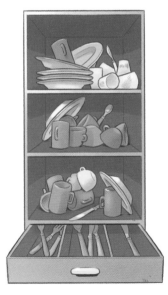

神探福爾摩鼠

①公爵千金失蹤案

公爵千金失蹤了！黑尾鼠公爵一家在案發現場完全找不着任何強行闖入的痕跡，大家都茫無頭緒，急忙向福爾摩鼠求助……謝利連摩化身神探助手，與福爾摩鼠一起到公爵府進行調查，到底犯人是如何在守衛森嚴的貴族大宅裏，不動聲色地擄去公爵千金的呢？

②藝術珍寶毀壞案

怪鼠城出現了多宗離奇的藝術文物毀壞案！神秘的罪犯接二連三在各種藝術珍寶上留下詭異的巨大爪痕，而所有目擊者均指出在案發現場曾經看到傳說中的神秘怪物——「狼貓」出沒……那些神秘爪痕真的是「狼貓」所為？這些案件背後是否隱藏着重大秘密？

③黑霧迷離失竊案

怪鼠城接連出現神秘的黑霧，城中罪犯伺機蠢蠢欲動！一條珍貴的粉紅色心形鑽石頸鏈——「玫瑰之心」，在運送途中竟離奇憑空消失了！珠寶商急忙委託福爾摩鼠進行調查。每當漆黑濃霧出現，就會有不尋常的財物失竊案發生！到底福爾摩鼠與謝利連摩能否抓到隱藏在黑霧背後的神秘罪犯呢？

④劇院幽靈疑案

怪鼠城歌劇院歷史悠久，充滿傳奇色彩。最近著名歌劇《塞維爾的理髮師》隆重上演，全城雀躍，福爾摩鼠和謝利連摩也盛裝打扮出席。就在歌劇公演之前，女主角竟在後台失蹤了！隨後，劇院內更發生連串離奇事件，讓工作人員陷入恐慌！難道歌劇院裏有幽靈作祟？還是事件背後另有陰謀？一個意想不到的小幫手，能助福爾摩鼠與謝利連摩揭開真相嗎？

⑤古堡銀面具謎案

棕毛鼠勳爵家族的古堡歷史悠久，吸引了電影公司租借古堡用作拍攝場地。可是，晚上在古堡內竟有「不速之客」多次出現騷擾，弄得人心惶惶！勳爵只好急忙向福爾摩鼠和謝利連摩求助……這時，勳爵家族失傳的銀面具竟神秘地再次出現了！原來，這個犯人不僅僅利用了銀面具傳說，背後還另有所圖！